Tsutomu Takahashi

NeuN

First published in Japan in 2017
by Kodansha Ltd., Tokyo.
Publication rights for this
Italian edition arranged
through Kodansha Ltd., Tokyo.

Storia e disegni: Tsutomu Takahashi
Traduzione: Silvia Ricci
Editing: Davide Bertaina
Lettering: Massimiliano Lucidi
Stampa: A4 servizi grafici, Chivasso (TO)

Edizioni BD srl
viale Coni Zugna 7
20144 Milano
www.edizionibd.it www.j-pop.it
info@edizionibd.it

ISBN: 9788834904794

NeuN

Qual è il destino che lega Theo al Dr. U?!

Il passato di Theo viene alla luce...

E Neun inizia a manifestare delle "abilità"...

VOLUME 2
UNITEVI...
... PER LA GERMANIA, LA NOSTRA MADREPATRIA!
PROSSIMAMENTE!

NeuN 1

Ende

CHI È CHE HA FATTO GIUSTIZIARE IL GENERA-LE GABIUS?
INDOVINA UN PO'...
È STATO IL DR. U!
Episode.5 Ende

È POSSIBILE CHE QUESTI RAGAZZI RAPPRESENTINO UN PERICOLO, ANCHE SE NON SAPPIAMO ANCORA DI CHE TIPO...

MALEDETTE SS, HANNO COMPLETAMENTE CIRCONDATO LA CITTÀ E NELLA SITUAZIONE ATTUALE SARÀ DAVVERO IMPOSSIBILE ANDARSENE.
COSA DOBBIAMO FARE?
SENTI...
THEO...
SECONDO TE PERCHÉ SONO DISPOSTI AD ARRIVARE A TANTO PUR DI ELIMINARE I BAMBINI...
... NELLE CUI VENE SCORRE IL SANGUE DI HITLER?
FORSE LA QUESTIONE NON SI LIMITA AL LEGAME DI SANGUE CON IL FÜHRER...
SÌ, HAI RAGIONE...
Mein Kampf
Adolf Hitler

SVAM
A QUANTO PARE, SONO ARRIVATE IN CITTÀ PIÙ DI DUECENTO SS E IL GENERALE GABIUS È STATO GIUSTIZIATO.

Eine Abrechnung
Adolf Hitler
GNEEECK

SÌ, SO SPARARE.
SE DOVESSE METTERSI MALE, MI DIFENDERÒ CON LE MIE MANI.
IN NOI SCORRE LO STESSO SANGUE.
CAPISCO...
CHE BRAVO...
ALLORA CHISSÀ PERCHÉ SIAMO COSÌ DIVERSI...

SCRATCH
NEUN...
SEI BRAVO A DISEGNARE?
NON LO SO...
... MA MI PIACE.
SENTI, ACHT.
C'È UNA COSA CHE VOLEVO CHIEDERTI...
LA PISTOLA CHE HAI LÌ, LA SAI USARE?

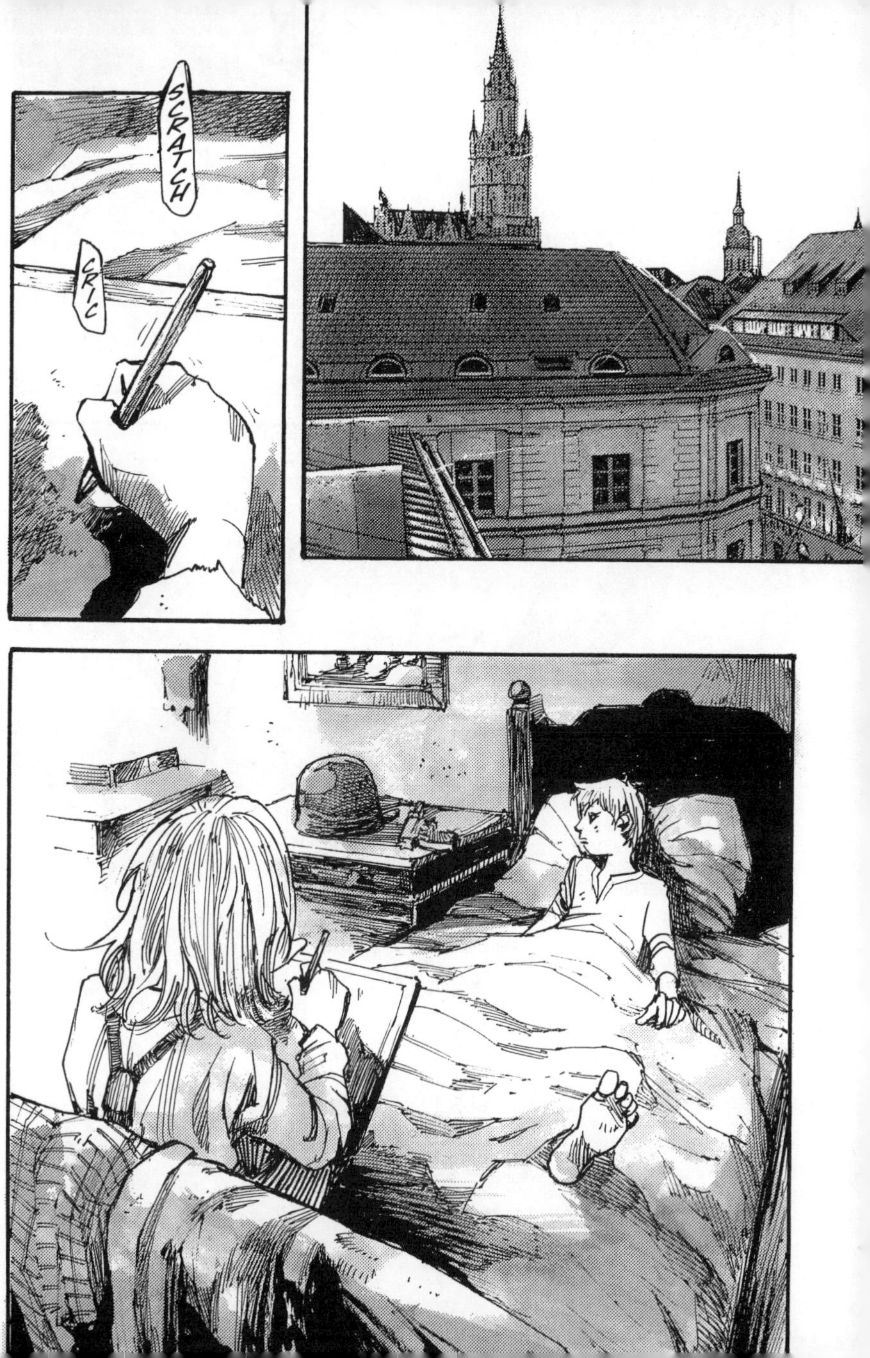
SCRATCH
CRIC

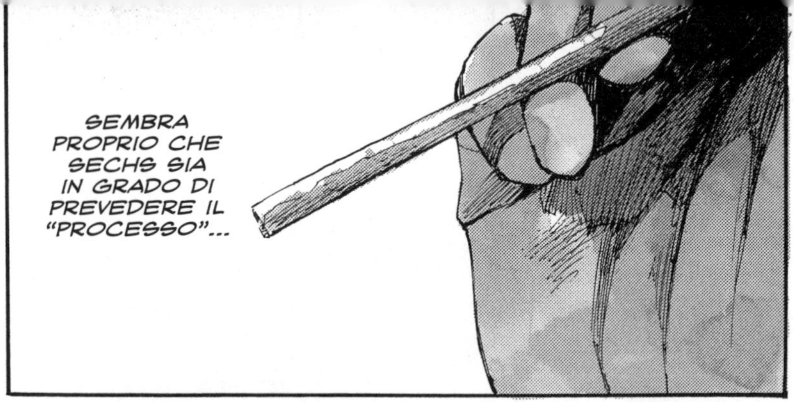
SEMBRA PROPRIO CHE SECHS SIA IN GRADO DI PREVEDERE IL "PROCESSO"...

... COSÌ COME IL "RISULTATO FINALE" CHE BISOGNA EVITARE DI RAGGIUNGERE...
SIIIIP

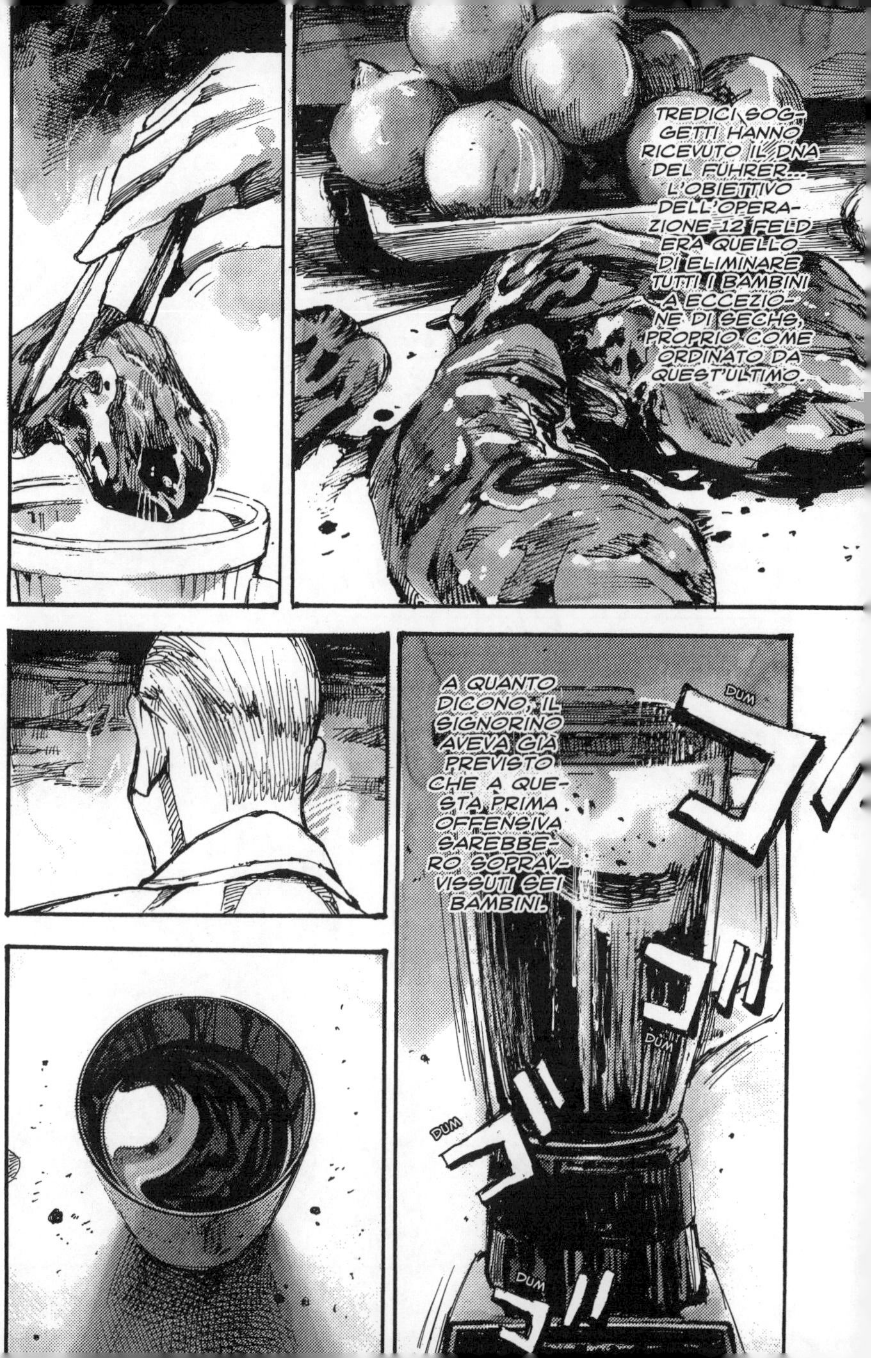
TREDICI SOGGETTI HANNO RICEVUTO IL DNA DEL FUHRER... L'OBIETTIVO DELL'OPERAZIONE 12 FELD ERA QUELLO DI ELIMINARE TUTTI I BAMBINI A ECCEZIONE DI SECHS, PROPRIO COME ORDINATO DA QUEST'ULTIMO.
A QUANTO DICONO, IL SIGNORINO AVEVA GIÀ PREVISTO CHE A QUESTA PRIMA OFFENSIVA SAREBBERO SOPRAVVISSUTI SEI BAMBINI.
DUM
DUM
DUM
DUM

ROLL ROLL ROLL
ROLL
ROLL
ROLL ROLL ROLL

SHAAA
ROLL
ROLL
ROLL

NOME DELLA MALATTIA DIAGNOSTICATA...
Krankheitsbezeichnung
INUTILITÀ...
Schwachenummer
U...
UCCI... DI... MI...

PLIC
PLIC
GLUB
UH...

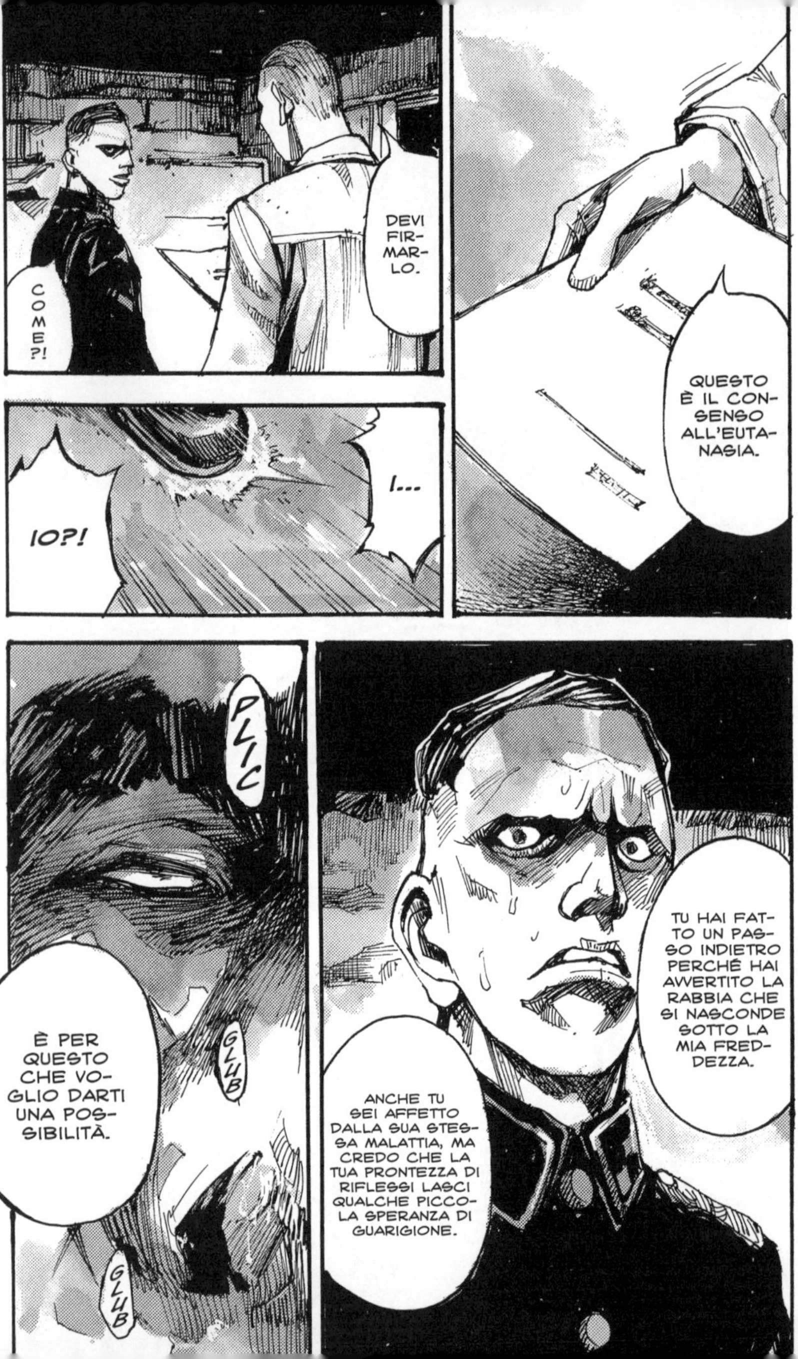
DEVI FIRMARLO.
COME?!
QUESTO È IL CONSENSO ALL'EUTANASIA.
I...
IO?!
PLIC
TU HAI FATTO UN PASSO INDIETRO PERCHÉ HAI AVVERTITO LA RABBIA CHE SI NASCONDE SOTTO LA MIA FREDDEZZA.
ANCHE TU SEI AFFETTO DALLA SUA STESSA MALATTIA, MA CREDO CHE LA TUA PRONTEZZA DI RIFLESSI LASCI QUALCHE PICCOLA SPERANZA DI GUARIGIONE.
È PER QUESTO CHE VOGLIO DARTI UNA POSSIBILITÀ.
GLUB
GLUB

PLIC
PLIC
GLUB
GLUB
PLIC
QUEST'UOMO, IGNARO DELLA PROPRIA MALATTIA...
... HA SPRECATO LE VITE DI QUATTRO PREZIOSISSIMI COMBATTENTI DELLE SS.
SE SOLO FOSSI ARRIVATO QUI PRIMA...
... TUTTO QUESTO NON SAREBBE ACCADUTO.

PLIC
PLIC
CO...
GLUB
CO... COSA...
GLUB

E QUI ARRIVIAMO A TE, SOLDATO SEMPLICE BETSCH.
C'È UNA COSA CHE DOVRESTI FARE PER ME.
ECCO, QUESTA È LA SUA CARTELLA CLINICA.
...
PLIC
FRUSH

RIUSCIRE A PREVEDERE IL PROCESSO CHE SI COMPIRÀ È UNA PREROGATIVA DIVINA.
CAMBIANDO DISCORSO...
DOBBIAMO PARLARE DEL GENERALE GABIUS, IL SOVRINTENDENTE DI QUESTA ZONA.
È AFFETTO DA UNA GRAVE MALATTIA, I CUI ESITI POSSONO ESSERE MORTALI.
SONO STATO IO A SCOPRIRE IL SUO MALE E PERCIÒ LO STO SOTTOPONENDO A UNA NUOVISSIMA TERAPIA, MA SEMBRA CHE SIA ARRIVATO TROPPO TARDI.
È ORMAI CHIARO QUALE SARÀ IL "RISULTATO FINALE".

!
IMMAGINO CHE...
... SI SEDIMENTEREBBE SUL FONDO.
QUELLO È UN RISULTATO PREVEDIBILE...
FLUUUSH
... MA È IMPOSSIBILE CAPIRE IN ANTICIPO IN CHE MODO SI MUOVERANNO LE SINGOLE MOLECOLE DEL LIQUIDO IN QUESTIONE.

SLAM
HEIL HITLER!
AWVICINATI.
SISSIGNORE!
QUESTA È SEMPLICE ACQUA...
SAI COSA SUCCEDEREBBE, SE VERSASSI AL SUO INTERNO QUESTO LIQUIDO PIÙ PESANTE?

SHAAA
TAP
TAP
SONO IL SOLDATO SEMPLICE BETSCH...
ENTRA.

Maulwurf nest
SHAAA
EHI, LE AVETE VISTE LE UNGHIE DEL DR. U? AVEVO SENTITO DIRE CHE GLI SI ERANO SCIOLTE A CAUSA DEI PRODOTTI CHIMICI CHE UTILIZZA... MA NON LE AVEVA PER DAVVERO!
GIÀ...
CHISSÀ CHE CI FA UNO COSÌ QUI? IL DR. U NON FA PARTE DELL'ENTOURAGE DEL FÜHRER?
L'ISPETTORE GENERALE HA RICHIESTO LA TUA PRESENZA.
SOLDATO SEMPLICE BETSCH!

I MIEI SALUTI, ULRICH NEUSTÄDTER, ISPETTORE GENERALE DELLA SANITÀ DELLE SS!
BENVENUTO A SPRERÜGEN!
TAP
IO SONO IL GENERALE SIMSON GABIUS.
SOVRINTENDO AL CONTROLLO DI QUESTA CITTÀ.
STASERA ABBIAMO ORGANIZZATO UNA FESTA IN GRANDE STILE...
... PER CUI, LA PREGO, ORA SI RIPOSI DALLE FATICHE DEL VIAGGIO.
GENERALE GABIUS.
NON HA UN BEL COLORITO.
COME?
DICE DAVVERO?
IN REALTÀ, GODO DI OTTIMA SALUTE.

HAI AVVERTITO QUALCOSA NEL MOMENTO IN CUI MI HAI GUARDATO, NON È COSÌ?
NOSSIGNORE.
NIENTE DI PARTICOLARE.
E ALLORA PERCHÉ HAI FATTO UN PASSO INDIETRO?
COME TI CHIAMI?
SOLDATO SEMPLICE GERHARD BETSCH.

GLOM

TLACK
ZASH

SPRERÜGEN

WHAM

WOOOSH

HEIL HITLER!

PENSERÒ IO A ELIMINARLI TUTTI E A RISOLVERE IL PROBLEMA...
E PER FARLO SCEGLIERÒ "IL MODO PIÙ ELEGANTE POSSIBILE", OVVIAMENTE.
NON VEDO L'ORA...
... DR. U.
WACK

DAL MOMENTO IN CUI SI SONO SOTTRATTI AL LORO DESTINO, QUEI BAMBINI SONO DIVENTATI SOLO RIVOLTOSI IN FUGA, INDEBITAMENTE APPROPRIATISI DEL SANGUE DEL FÜHRER...
... SIGNORINO SECHS.
Episode.5 Dr. U (Doktor U)

DOTTORE, SONO SPIACENTE DI DOVERLA COINVOLGERE IN QUESTA FACCENDA...
MA LE PARE.
SONO CERTO CHE LEI AVESSE GIÀ PREVISTO LA NECESSITÀ DI UN MIO INTERVENTO, SIGNORINO.
EH! EH! EH!
RISPETTO AL "GIOCO DELLE STIME", CHE TANTO SPESSO HA FATTO CON IL PROFESSOR FERMI, IMMAGINO CHE QUESTA FOSSE UNA PREVISIONE DA NULLA.

PER QUANTO MI RIGUARDA, TUTTI I NAZISTI DI QUESTO PAESE, DAL PRIMO ALL'ULTIMO, POSSONO ANCHE BRUCIARLI VIVI.
Episode.4 Ende

HA IL DORSO DEL PIEDE FRATTURATO.
SE NON LO PORTO PRESTO DA UN DOTTORE, DOVRANNO AMPUTARGLIELO.
È PER QUESTO CHE MI SERVIREBBE IL TUO AIUTO...
MA PRIMA C'È UNA COSA CHE DEVO VERIFICARE.
THEO, DEVO SAPERE SE TU SEI ANCORA FEDELE A HITLER.
VEDI...

TI RINGRAZIO.
SU, THEO, DEVI MANGIARE ANCHE TU...
LA FERITA CHE IL RAGAZZO HA AL PIEDE...
... GLI IMPEDISCE DI CAMMINARE?

COME POTETE PENSARE CHE LA VOSTRA VITA SIA QUALCOSA DI SBAGLIATO?
I RESPONSABILI SONO SOLO I NAZISTI.
VOI DUE AVETE TUTTO IL DIRITTO DI VIVERE.

ALLORA PENSI CHE NOI...
... DO-VREMMO ESSERE ELIMINATI?
TLACK
...
RA-GAZZI...
BE', ECCO...

TI RIFERISCI...
... AL SANGUE DEL FÜHRER?
NON HA FORSE AMMAZZATO TUTTI GLI ABITANTI DEL TUO VILLAGGIO?
TI RENDI CONTO CHE IN NOI SCORRE IL SANGUE DI UN UOMO SIMILE?!
GIÀ. SOLO PER QUESTO...
... TANTE PERSONE SONO STATE UCCISE...

PERCHÉ È LA PRIMA VOLTA CHE INCONTRO UNA PERSONA CON CUI HO UN VERO LEGAME DI SANGUE.
SONO COSÌ FELICE...
SEI FELICE...
... ANCHE SE SI TRATTA DI UN SANGUE MALEDETTO COME IL NOSTRO?

SNIFF
SIGH
SIGH
BE'?
PERCHÉ PIANGI?

NOVE...
TU...
... SARESTI MIO FRATELLO?
CREDO DI SÌ...

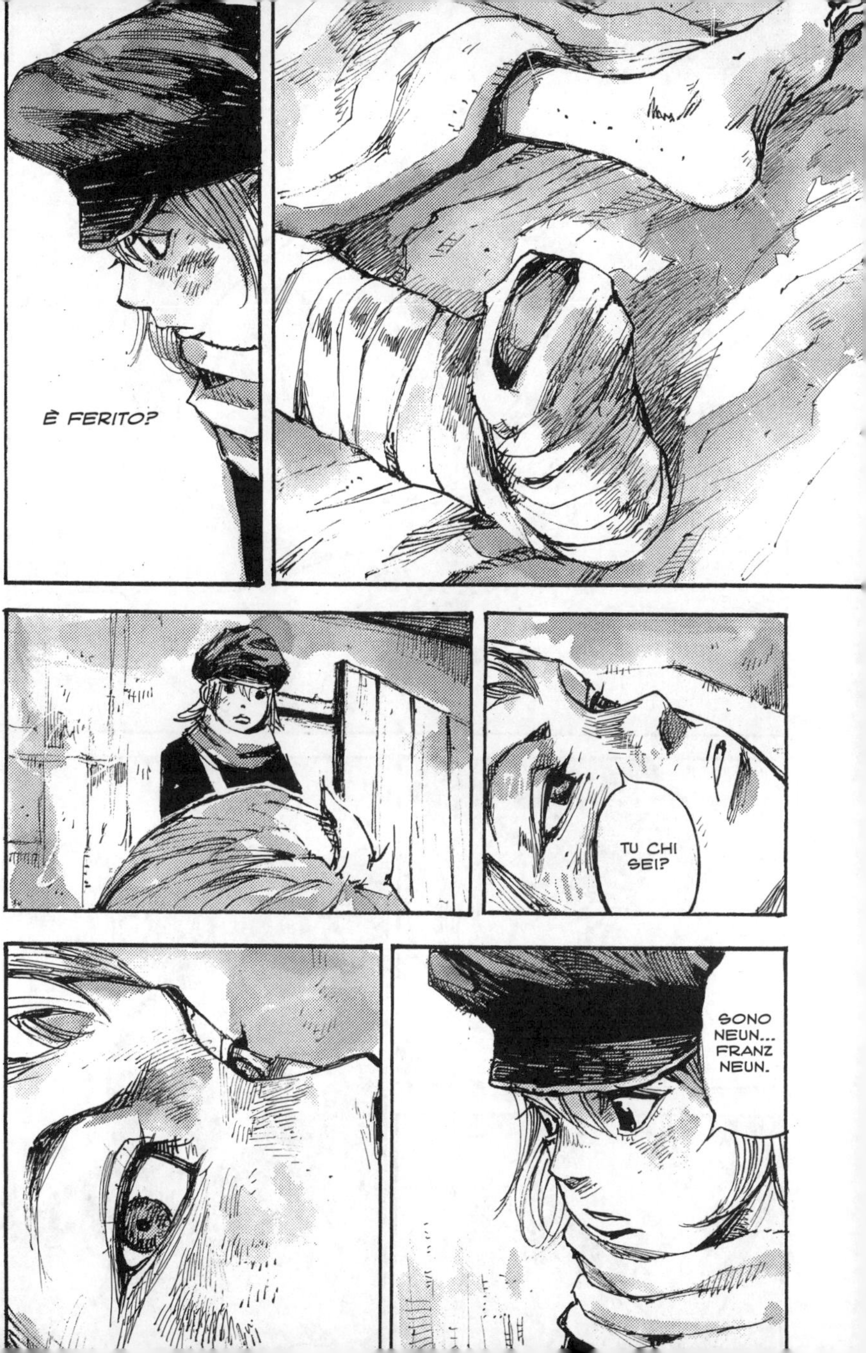
È FERITO?
TU CHI SEI?
SONO NEUN... FRANZ NEUN.

CIAO...

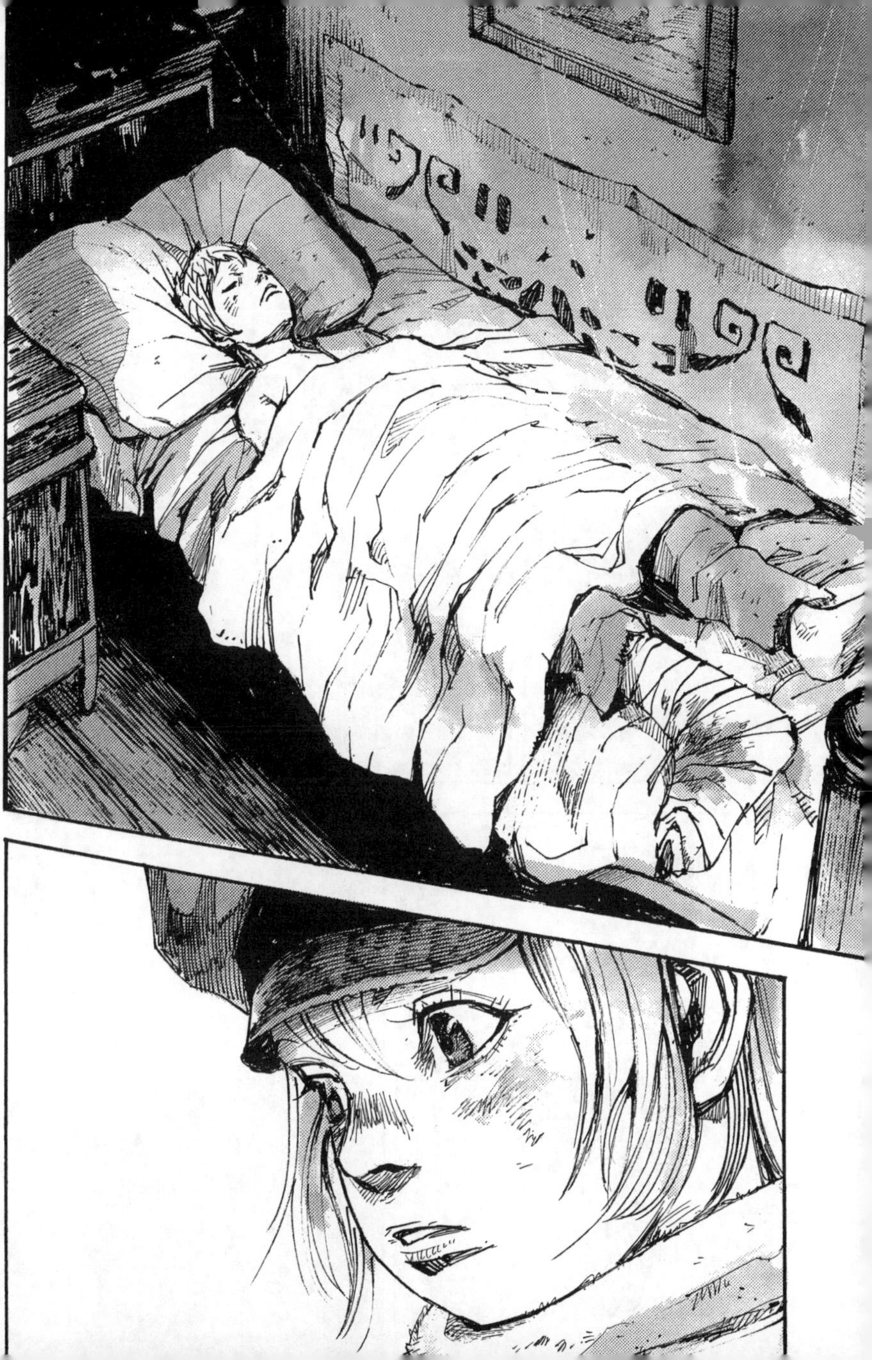

GNEEECK

NGRUNF
MMH!
MMH!
MMH...
ADESSO DOBBIAMO DECIDE-RE COSA FARE DI QUESTI DUE.

GNEEEECK
DOVE CI HAI PORTATO?
QUESTA È LA CASA DELL'UOMO CHE VI HA VENDUTO.
CLAC
TRUCK
TRADENDOVI SI È ACCATTIVATO IL FAVORE DELLE SS...
... MA VI HA ANCHE VISTI IN FACCIA, PER CUI È STATO MESSO IN CASTIGO.

CLAC

ARF...
ARF
ARF...
ARF...
GRRR
WOFF
WOFF
WOFF
GRIP
WOF

WOFF
GRRR
GRRR

EH, GIÀ, SIETE DAVVERO FRATEL-LI...
HAI LA STESSA CORPO-RATURA DEL MIO ACHT, IL NUMERO OTTO.
ANDIAMO, NEUN...

IO SONO THEO BECKER.
SONO IL WAND DI NEUN, IL NUMERO NOVE.
BENE...
SE RESTIAMO QUI, CI RITROVEREMO BEN PRESTO COME TOPI IN GABBIA.
SEGUIMI, VI PORTERÒ IN UN POSTO DOVE POTREMO NASCONDERCI.
CLACK
GNEEECK

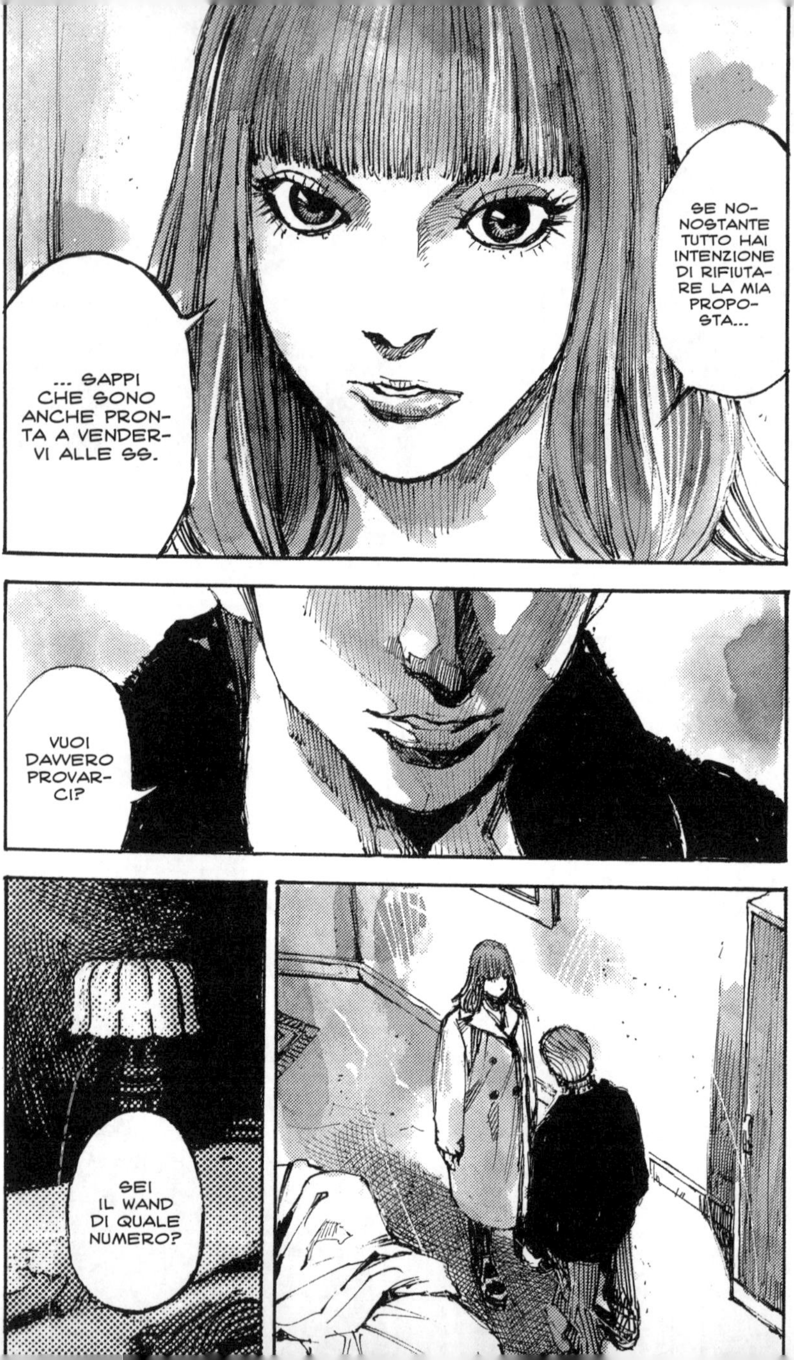
SE NO-NOSTANTE TUTTO HAI INTENZIONE DI RIFIUTA-RE LA MIA PROPO-STA...
... SAPPI CHE SONO ANCHE PRON-TA A VENDER-VI ALLE SS.
VUOI DAVVERO PROVAR-CI?
SEI IL WAND DI QUALE NUMERO?

EHI, CHE NE DICI...
... DI COLLABORARE?
NO.
RIFIUTO L'OFFERTA.
PENSACI BENE... SE AGIAMO DA SOLI, LE NOSTRE PROBABILITÀ DI SOPRAVVIVENZA SI ABBASSERANNO NOTEVOLMENTE.

TI RENDI CONTO CHE IN QUESTO MOMENTO I NAZISTI SONO ALL'APICE DELLA LORO FORZA, VERO?
DUM
DUM
DUM
ORA CHE SIAMO FINITI NEL LORO MIRINO, NON CREDO PROPRIO CHE CI SARÀ POSSIBILE ATTRAVERSARE LO STRETTO DI DOVER.
TU COSA HAI INTENZIONE DI FARE?
AH, A COSTO DI DOVERMI METTERE A VOLARE...
... RIUSCIRÒ A SCAPPARE VIA.
HO SANGUE ASIATICO, PERCIÒ HO UN RAPPORTO UN PO' COMPLICATO CON I NAZISTI E LA LORO FISSA SULLA PUREZZA DELLA RAZZA ARIANA.
LO IMMAGINO.
TAP

SÌ.
ABBIAMO DEI DOCUMENTI DI BRAUSTEPPE...
IMMAGINO SIA UNO DEI VILLAGGI CHE SONO STATI DISTRUTTI.
FRUSH
DOCUMENTI DEL GENERE NON VI GARANTISCONO ALCUNA SICUREZZA.
DUM
DUM
DUM
NOI SIAMO DIRETTI IN INGHILTERRA.
...
IN INGHILTERRA, EH?

CHISSÀ PER QUANTO ANCORA...
... RIUSCIRÒ A RESTARE IN VITA...
SIETE PROVVISTI DI DOCUMENTI IDENTIFICATIVI IN REGOLA?

... LE SS MI INSEGUIRANNO OVUNQUE.
PUR DI UCCIDERMI...

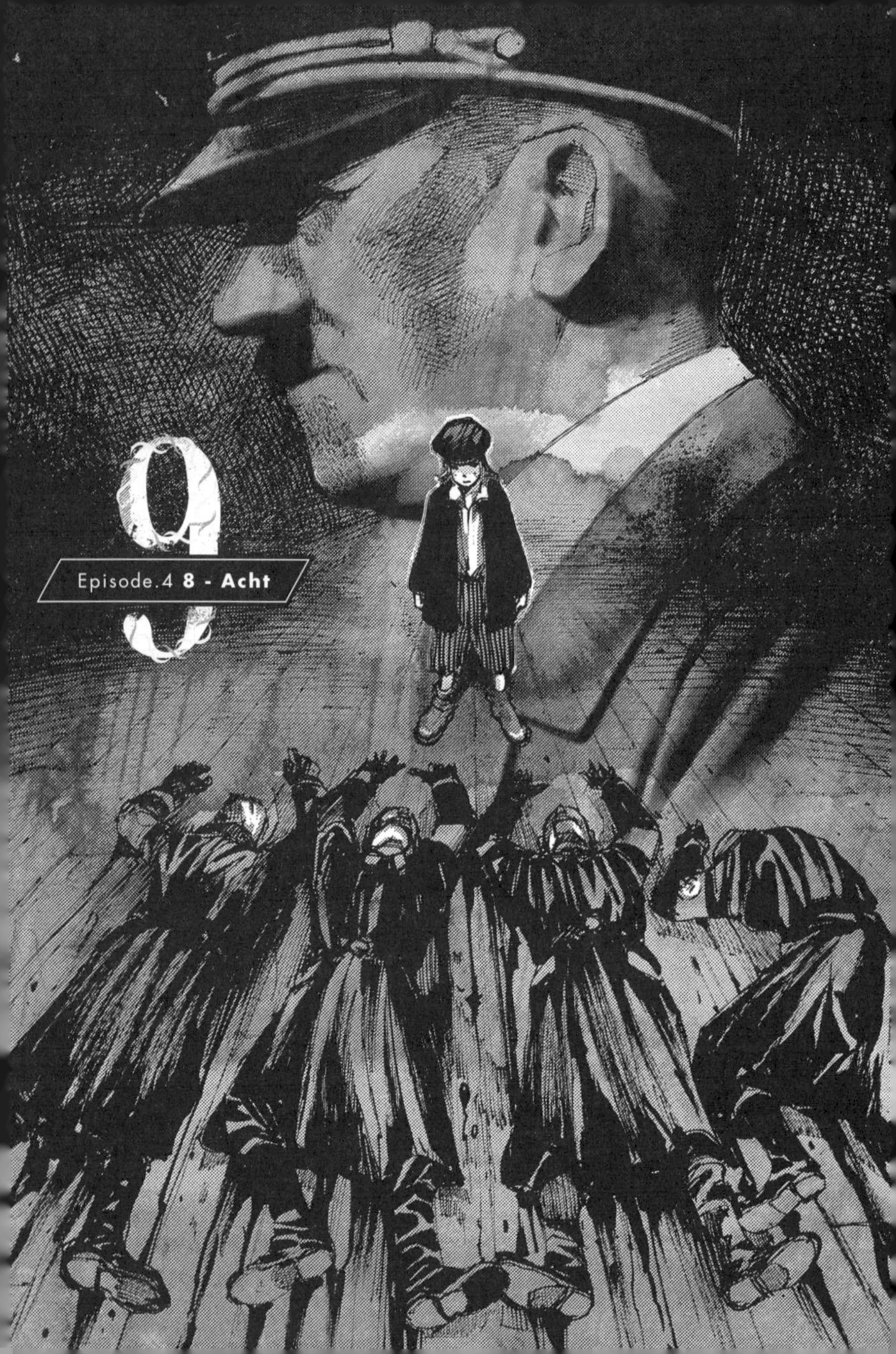
9
Episode.4 8 - Acht

NeuN

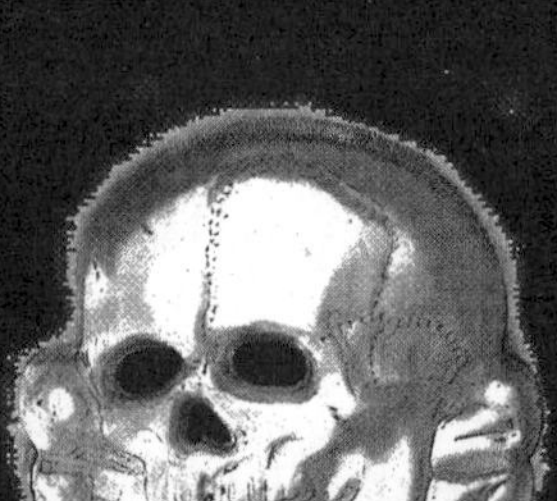

SO BE-
NE QUELLO
CHE DOB-
BIAMO FARE,
SECHS.
Episode.3 Ende

NON POSSO FARE A MENO DI NUTRIRE DUBBI RIGUARDO A DELLE SS CHE NON RIESCONO NEMMENO A PREVEDERE UN CONTRATTACCO DA PARTE DEI WAND...
HAI RAGIONE.
SII DURO NEL RIFERIRE QUESTO MESSAGGIO A HIMMLER.
CI SONO ANCORA SEI BAMBINI.
PAFF
ORIGIN OF SPECIE
DIGLI DI SISTEMARE LA FACCENDA AL PIÙ PRESTO.
GRIN

GOEBBELS...
È UNA CONCLUSIONE A CUI SONO ARRIVATO SEMPLICEMENTE CONSIDERANDO TUTTI GLI ELEMENTI.

BERLINO
Capitale della Germania nazista
POTREI SAPERE SU QUALI BASI HAI DICHIARATO AL FÜHRER CHE L'OPERAZIONE 12 FELD AVREBBE RAGGIUNTO UN LIVELLO DI SUCCESSO PARI SOLO AL 50%?

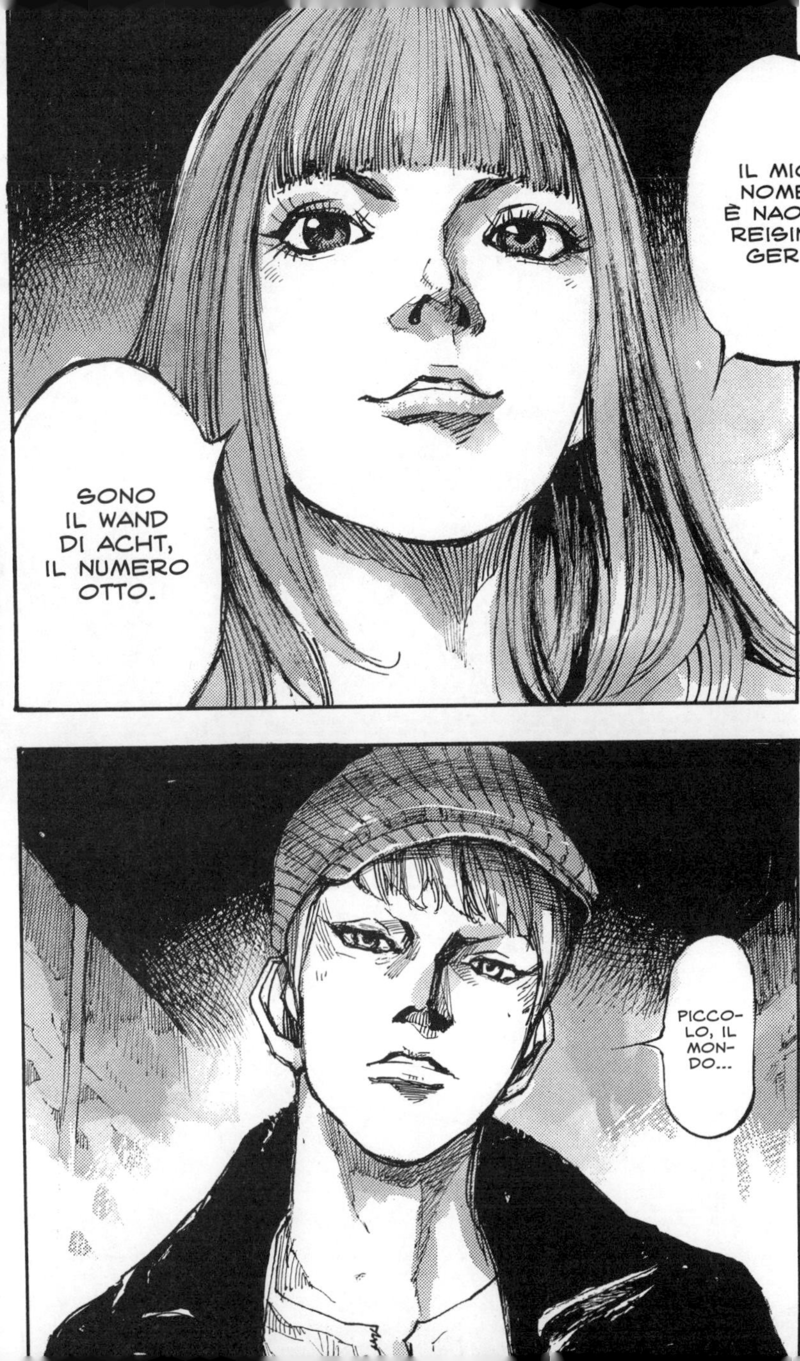
IL MIO NOME È NAOMI REISINGER.
SONO IL WAND DI ACHT, IL NUMERO OTTO.
PICCOLO, IL MONDO...

SIEG HEIL.

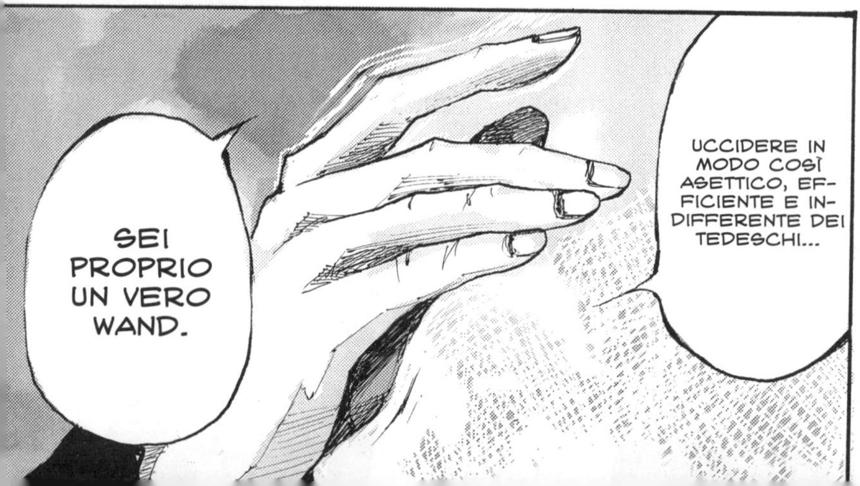
UCCIDERE IN MODO COSÌ ASETTICO, EF-FICIENTE E IN-DIFFERENTE DEI TEDESCHI...
SEI PROPRIO UN VERO WAND.

BASH

BANG
CLANK

TUMP
CLICK
CLICK
CLICK

SLASH

ZAM
SWOSH

WHAM
* NAOMI

FRUSH
?
CHI È LÀ?
TSCHÜSS!

TAP
TAP

RIFERISCI TUTTO AL RESTO DELLA SQUADRA.
SÌ, VA BENE.
FRUSH
TAP

GLUB
ANF...
AH...
GLUB
PLIC

PLIC
PLIC
PLIC
PLIC
STRUSH
STRUSH
GLUB
STRUSH
PLIC
STRUSH
PLIC

AH—
AH—
GLUB
PLIC
PLIC

PLIC
PLIC PLIC

?!
BANG

WHAM
STONF
!

CLIC

Q
Episode.3 Operazione 12 Feld
Seconda parte
Q

ZHAM
!
CLINK

CLACK
CLACK
CLACK
Episode.2 Ende

STUMP

TAP
TAP

LI HO VISTI ENTRARE NEL DEPOSITO DEL PRIMO PIANO.
SVELTI!

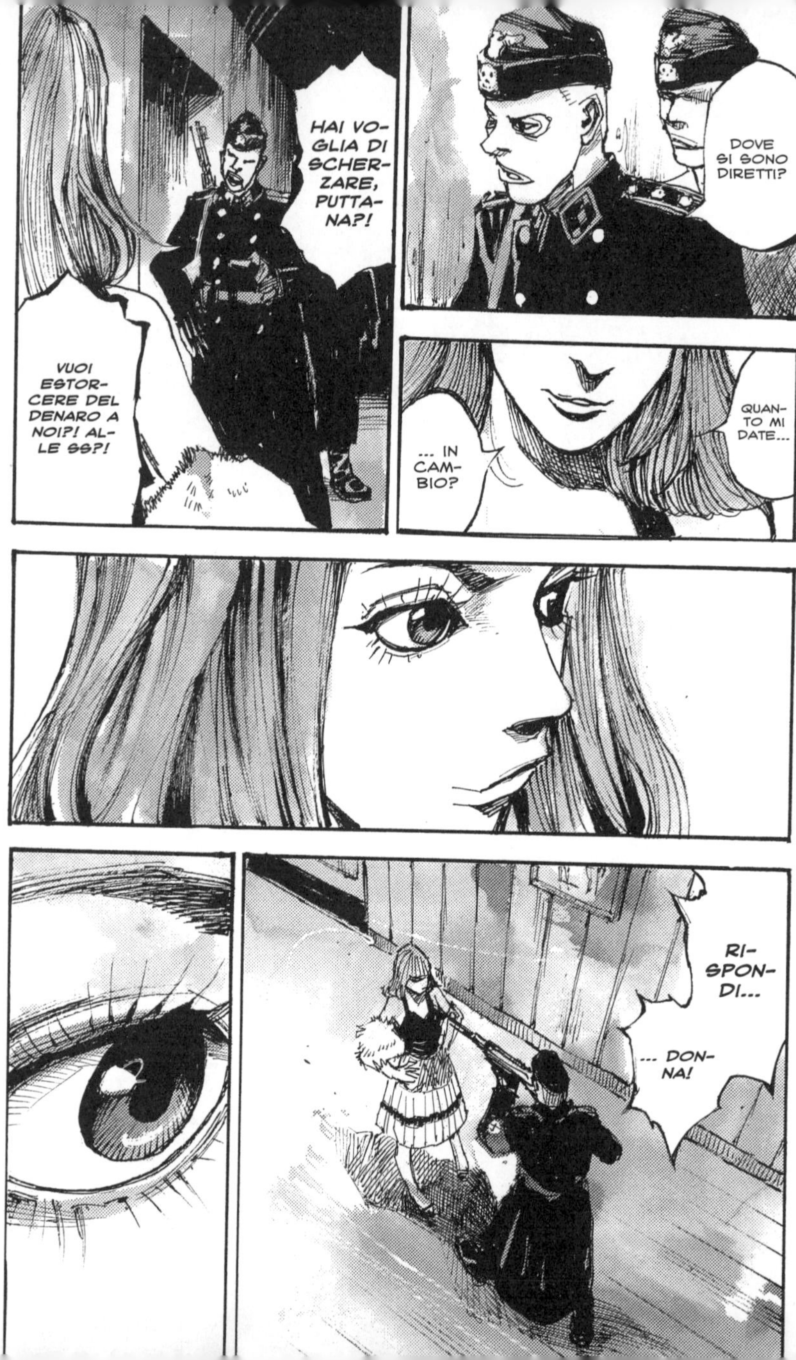
DOVE SI SONO DIRETTI?
HAI VOGLIA DI SCHERZARE, PUTTANA?!
VUOI ESTORCERE DEL DENARO A NOI?! ALLE SS?!
QUANTO MI DATE...
... IN CAMBIO?
RISPONDI...
... DONNA!

PER VEDERLI, LI HO VISTI...

QUI NON C'È NESSUNO.
GIÀ...
È NOTTE FONDA, NON È UN PO' STRANO CHE NON SIANO IN CAMERA?
!
EHI, TU, DONNA!
HAI VISTO UN UOMO E UN BAMBINO USCIRE DA QUESTA STANZA?

206
ZASH
CLACK

NON HO RAGIONE?
EH, ALBERGATORE?
NON SEI D'ACCORDO ANCHE TU?
COME?
EHM...
COSA SAREBBE UN "WAND"?
AH! AH! AH! NON CI PENSARE!
EHI, DATE A QUESTO UOMO LA SUA RICOMPENSA!

LA FAC-CENDA PUZZA...
SÌ, SI SEN-TE ODORE DI WAND GIÀ A UN MIGLIO DI DISTANZA.

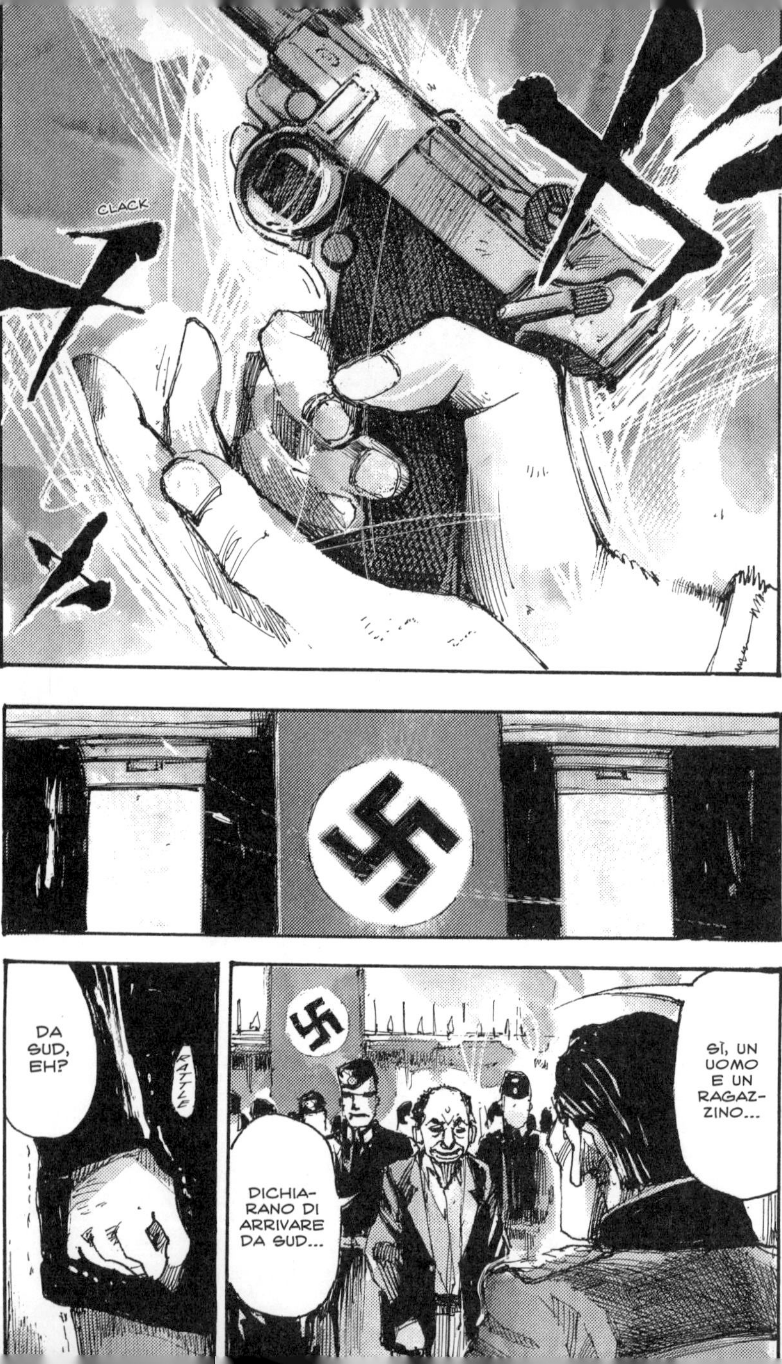
CLACK
SÌ, UN UOMO E UN RAGAZZINO...
DICHIARANO DI ARRIVARE DA SUD...
DA SUD, EH?
RATTLE

SE CI SIAMO ESPOSTI AL PERICOLO FERMANDOCI IN QUESTA CITTÀ, È SOLO PERCHÉ TU POTESSI RECUPERARE LE FORZE.
DOPO CHE TI SARAI RIPOSATO UN PAIO DI GIORNI, PROSEGUIREMO IL VIAGGIO VERSO LA FRANCIA, E DA LÌ ATTRAVERSEREMO LO STRETTO DI DOVER PER RAGGIUNGERE L'INGHILTERRA.
PERCIÒ...
... DEVI NUTRIRTI E RIPRENDERTI.
MA COSA FAREMO, UNA VOLTA ARRIVATI IN INGHILTERRA?
DAI...
NON TE L'HO APPENA DETTO?
IL MIO COMPITO CONSISTE UNICAMENTE NEL PERMETTERTI DI SFUGGIRE AI TUOI NEMICI.

SE VUOI MORIRE DI FAME, SONO AFFARI TUOI.
NON VUOI MANGIARE? FA' COME CREDI.
THEO...
TI CHIEDO SCUSA.

SU, MANGIA, NEUN.
NO...
NON HO FAME.
STAMMI A SENTIRE.
IL MIO COMPITO CONSISTE SOLO NEL PROTEGGERTI DAI TUOI NEMICI.

TAP
TAP
TAP

UN PAIO DI NOTTI, EH?
COMPILI IL REGISTRO, PREGO.
SCRIB
FRUSH
DA DOVE VENITE?
TAP
DAL SUD, DA UN POSTO NON MOLTO LONTANO DA QUI.

HOTEL
VORREMMO FERMARCI UN PAIO DI NOTTI.

SPRERÜGEN
Regione di Baden

MIO FÜHRER, COME HA AVUTO QUESTA INFORMAZIONE?

A QUANTO PARE, LA PERCENTUALE DI SUCCESSO È STATA DEL 50%, DICO BENE?
ADOLF HITLER
Führer della Germania nazista
?!

SONO QUI PER FARE RAPPORTO, SIGNORE.
JOSEPH GOEBBELS
Ministro della propaganda della Germania nazista
VORREI AGGIORNARLA SUGLI SVILUPPI DELL'OPERAZIONE 12 FELD, VOLTA A ELIMINARE I BAMBINI NELLE CUI VENE SCORRE IL SUO STESSO SANGUE E CHE ABBIAMO DISLOCATO IN VARI PUNTI DELLA NOSTRA NAZIONE.
GOEBBELS...

SS 821069
Episode.2 Operazione 12 Feld
Prima parte

Feuerwehrzufahrt

ALLORA VADO.
CIAO, PAPÀ!
CIAO!
SKRUSH

NeuN

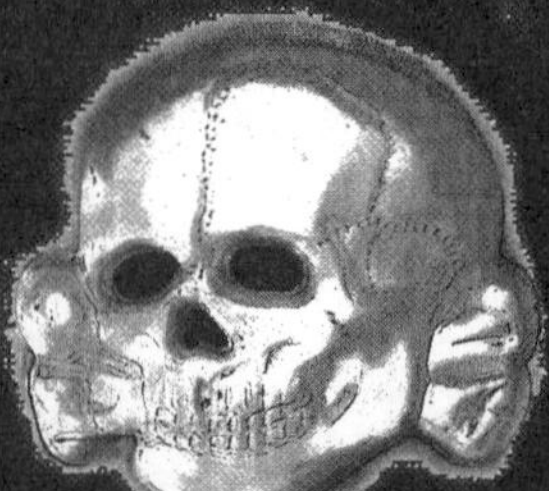

E COSÌ...
... IO E THEO ABBIAMO INIZIATO IL NOSTRO VIAGGIO.
DUM
DUM
DUM
Episode.1 Ende

ド
DUM
ド
DUM
ド
DUM
ド
DUM

CRA
CRA
IL MIO COMPITO È QUELLO DI PROTEGGERTI.
DUM
DUM
DUM
FORZA, ANDIAMO.
QUESTO PAESE È PIENO ZEPPO DI NAZISTI.

ADOLF HITLER, IL FÜHRER.

UTILIZZANDO IL SEME DI UNA CERTA PERSONA, SONO STATI CREATI TREDICI BAMBINI TRAMITE FECONDAZIONE ARTIFICIALE.
I PICCOLI SONO STATI POI AFFIDATI ALLE CURE DI VARIE FAMIGLIE E ALLEVATI IN DIVERSE PARTI DELLA GERMANIA.
TU SEI IL NUMERO NOVE.
IMMAGINO CHE, PER QUALCHE MOTIVO A ME SCONOSCIUTO, LA VOSTRA PRESENZA SIA DIVENTATA SUPERFLUA E ABBIANO DECISO DI ELIMINARVI.
E QUESTO GIUSTIFICA...
... LA DISTRUZIONE DI UN INTERO VILLAGGIO?
CHI È...
... LA PERSONA DI CUI PARLI?

HAI DETTO CHE GLI ABITANTI DEL VILLAGGIO SONO STATI UCCISI PERCHÉ MI HANNO VISTO IN FACCIA, RICORDI?
COSA SIGNIFICA?

CRA
CRA
SOLO IL FÜHRER PUÒ SOLLEVARMI DAL MIO INCARICO.

BANG
BANG

MA-LE-DET-TO.
COSA PENSI DI OTTENE-RE...
... UCCIDEN-DO UOMINI CHE, COME TE, APPAR-TENGONO AL POPOLO GER-MANICO?

SE NON C'È MODO DI SFUG-GIRVI...
... AL-LORA VI ELIMINE-RÒ TUTTI.

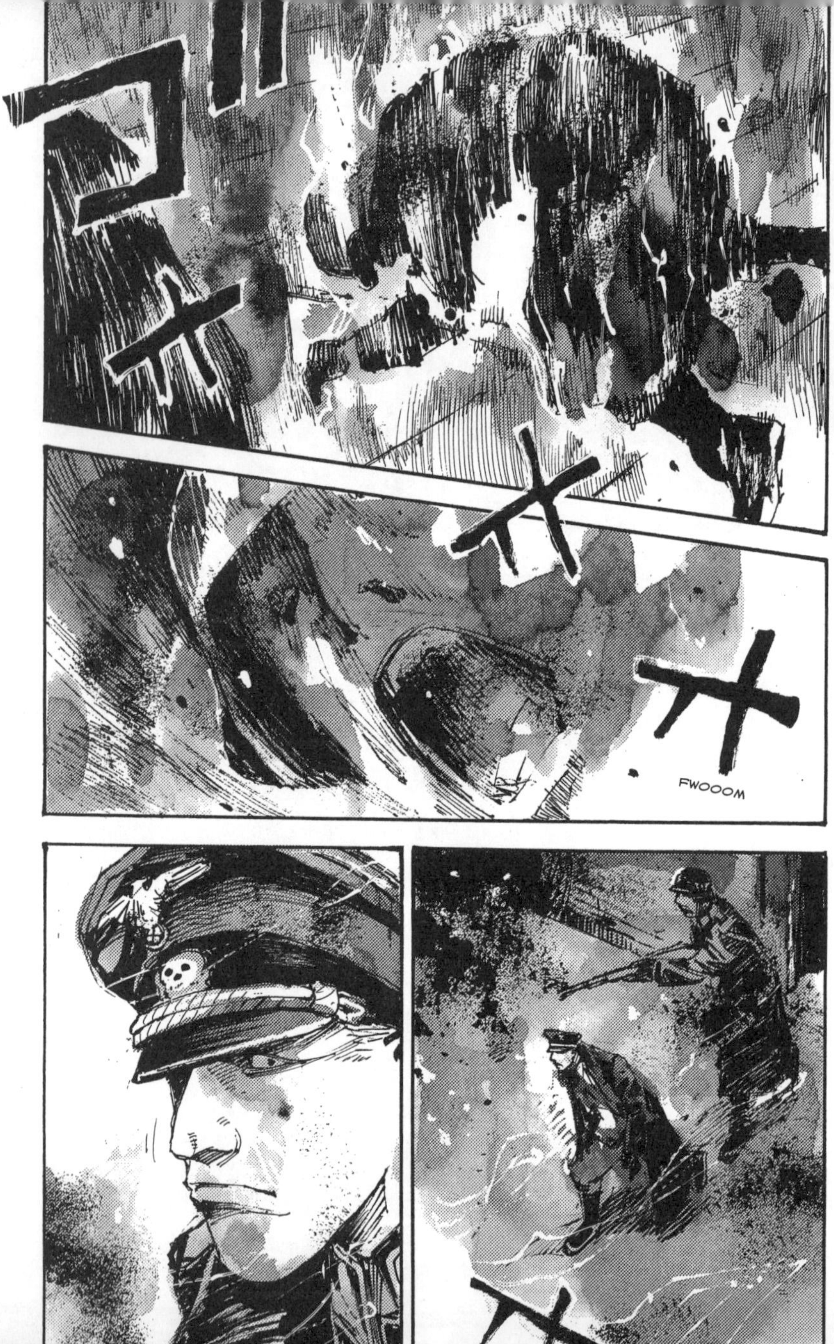
FWOOOM

BANG

BOOOM
CRACK
NASH

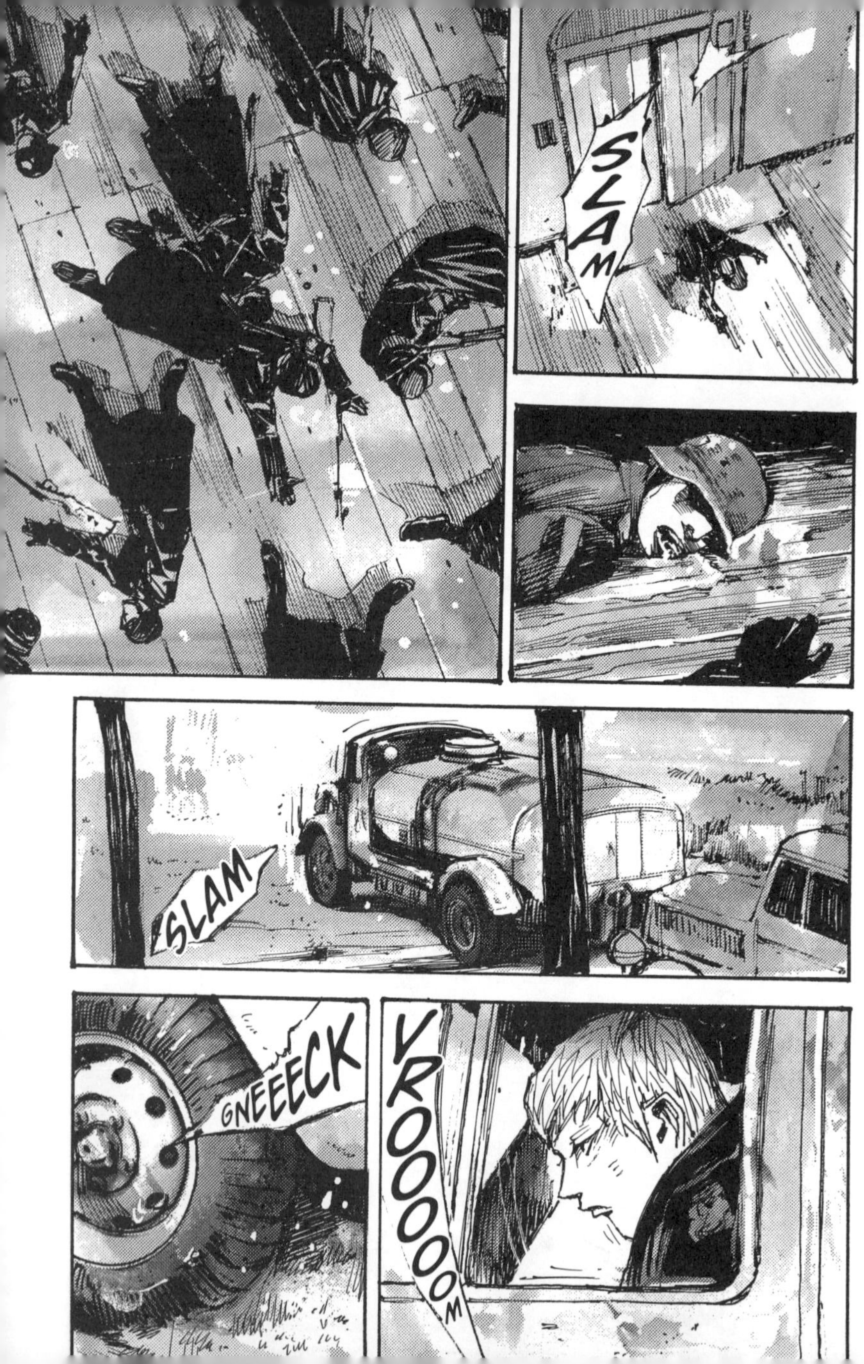
SLAM
SLAM
GNEEECK
VROOOOOOM

CRASH
BANG
BANG
SHAAA

ZASH
!
SWISH

CO-
MAN-
DAN-
TE!
È UNA
DONNA!
BANG

STONF
HO UCCISO IL NUMERO NOVE.
ORA VOGLIO CHE MI RIPRENDIATE CON VOI.
CONTROLLATE IL CORPO.
JA.
!

COMANDANTE!
È ARRIVATO!
FRUSH
FRUSH

C4H10F

RESTA IN CANTINA, FINO A QUANDO NON SARÒ TORNATO.
NEUN.
IN CAMBIO...
... VOGLIO AVERE SALVA LA VITA.
SONO THEO BECKER, HO UN MESSAGGIO PER IL GENERALE.
STO PER PORTARE IN CHIESA IL CADAVERE DEL NUMERO NOVE.
GNEEECK

BOOOM

QUEL RAGAZ-ZO...
... È IL DIAVOLO.
TI VOGLIO BENE...
BERTHA...

ゴロン
ROLL
È SOLO... COLPA NOSTRA...
È STATO UN ERRORE... ACCETTARE DI PRENDERCI CURA DI NEUN...

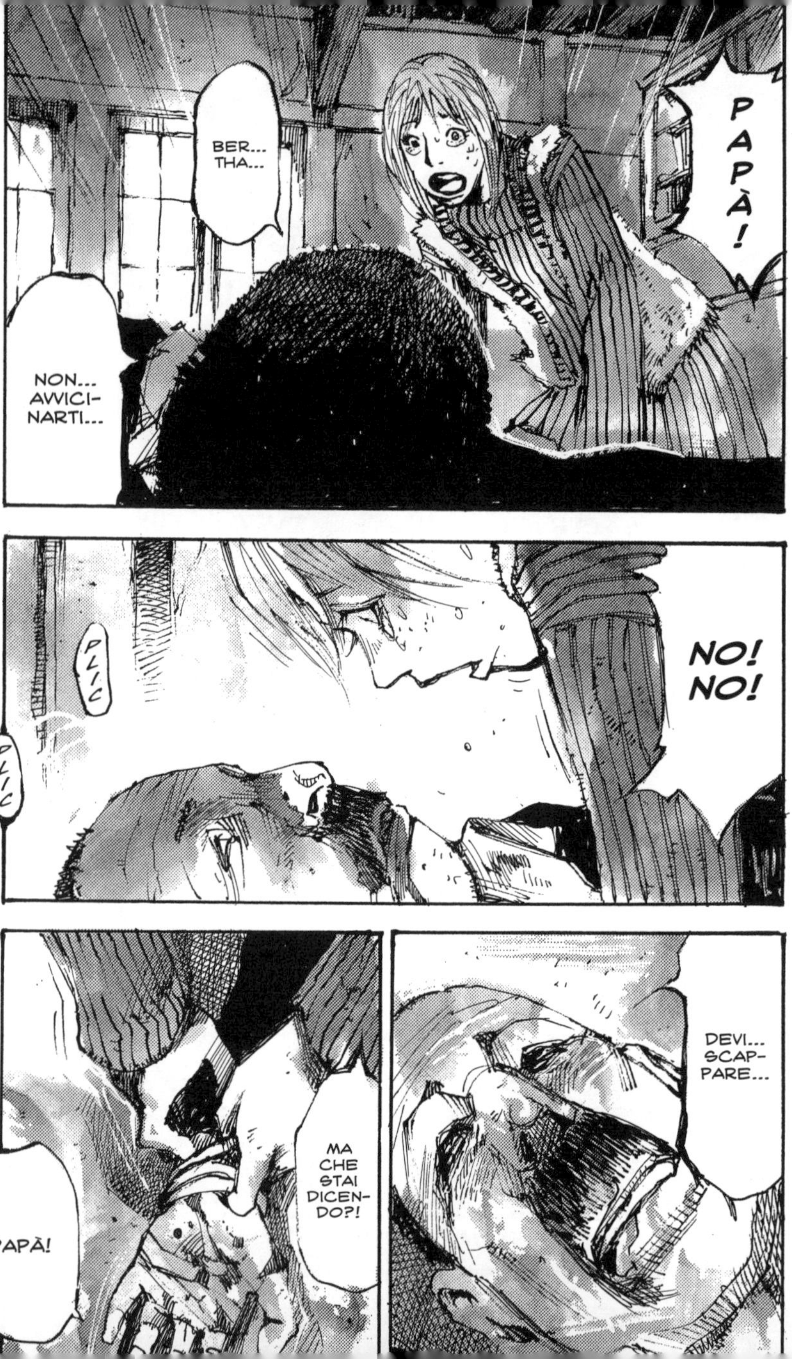
PAPÀ!
BER... THA...
NON... AVVICI-NARTI...
NO! NO!
PLIC
PLIC
DEVI... SCAP-PARE...
MA CHE STAI DICEN-DO?!
PAPÀ!

AH!
PLIC

DASH
BER-
THA!
WHAM
ANF ...
ANF ...

BOOM
BOOM
BOOM
AAAAH!
BOOM

RATATATA
タタタタ
BANG
ガ
BANG
ガ
BANG
ガ…
BANG
ガ
BANG
ガ
BANG
ガ
BOOM
ドォ.

PERCHÉ GLI ABITANTI DEL VILLAGGIO HANNO VISTO IL VOLTO DI FRANZ NEUN.
CRACKLE
CI INSEGUIRANNO DOVUNQUE ANDREMO.
E NON SI FERMERANNO FINCHÉ NON LO AVRANNO UCCISO.
SE NON POSSIAMO FUGGIRE...
... ALLORA FARÒ IN MODO CHE NON POSSANO SEGUIRCI.

MA DI CHE STAI PARLANDO, THEO?!
SU, TORNIAMO A CASA!
NON IMPORTA CHE SIANO NOSTRI CONNAZIONALI. SE HANNO RICEVUTO L'ORDINE DI UCCIDERE, È QUELLO CHE FARANNO.
NON C'È MODO DI SALVARE IL VILLAGGIO.
...
MA PERCHÉ STA SUCCEDENDO TUTTO QUESTO?

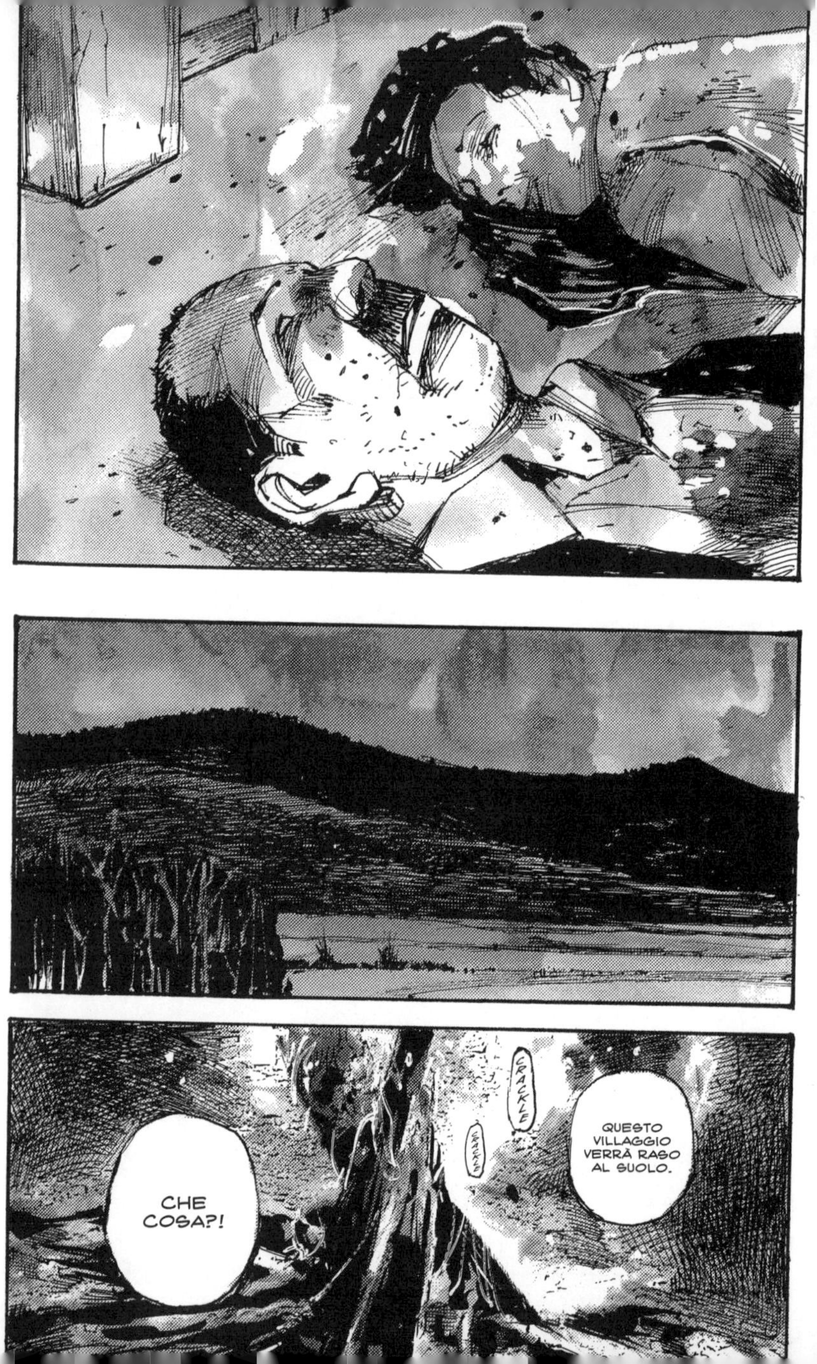
QUESTO VILLAGGIO VERRÀ RASO AL SUOLO.
CRACKLE
CRACKLE
CHE COSA?!

BANG
BANG
BANG
BANG
BANG
IDIOTA...

BOOM
BOOM
STUNK
BAM

DASH
FSSH
WHAM
GNEEECK

FINISCI IL LAVORO.
NON HAI NESSUN DIRITTO DI DARMI UN ORDINE DEL GENERE.
È UN VERO PECCA-TO...
SARESTI ANCORA IN TEMPO PER TORNARE INDIETRO...

PLIC
PLIC
THEO BECKER.
QUESTO È UN ORDINE.

STUMP
BANG

POTREI SAPERE CON CHI HO L'ONORE DI PARLARE?
NON CREDO PROPRIO CHE TU ABBIA L'AUTORITÀ PER SOLLEVARMI DAL MIO INCARICO.
ALLORA È VERO CHE SEI UN TIPO DA PRENDERE CON LE MOLLE...

NON DEVE NEMMENO DIRLO.
SIAMO NOI A ESSERVI GRATI PER AVER AVUTO UN TALE ONORE.
OLTRETUTTO...
... ABBIAMO RICEVUTO MOLTO DENARO, PIÙ DI QUANTO AVESSIMO BISOGNO...
PER NON PARLARE DI THEO...
... CHE CI FORNISCE GENTILMENTE LA SUA PROTEZIONE.
NON HO FORSE RAGIONE?
SÌ, CARO.
COMUNQUE SIA, QUESTA STORIA FINISCE OGGI.
THEO BECKER, LA TUA MISSIONE È TERMINATA.
CONSEGNACI IL NUMERO NOVE.

HERR DÖRRE.
LE SIAMO GRATI PER AVER ACCOLTO LA RICHIESTA DEL NOSTRO PARTITO...
... E PER AVER ACCETTATO DI ALLEVARE QUEL BAMBINO.

* "PARETE", "MURO" IN TEDESCO, N.D.T.

GENERALE KLAUSEN, ABBIAMO RACCOLTO I DATI.
CI SONO QUARANTA-DUE FAMI-GLIE, PER UN TOTALE DI DUECEN-TOVENTITRÉ PERSONE...
BENE.
ALL'ALBA UCCIDETELI TUTTI.

INCREDIBILE, DELLE VERE SS.
È LA PRIMA VOLTA CHE LE VEDO DAL VIVO.
ANCHE IO...

SIETE PREGATI DI RIPORTARE IN QUESTO MODULO I NOMI DI TUTTI I VOSTRI FAMILIARI E DI RICONSE-GNARCELO PRIMA DEL TRAMONTO.
SÌ, CERTA-MENTE.

GUARDATE, LE SS SONO VENUTE A FAR VISITA AL NOSTRO PICCOLO VILLAGGIO!
QUALE ONORE!
ABITANTI DI BRAUSTEPPE, SPINTI DALLA PREMUROSA ATTENZIONE DEL NOSTRO FÜHRER E DALLA SUA CONVINZIONE CHE "NEMMENO UNA VITA DELL'AMATO POPOLO TEDESCO DEVE ANDARE PERDUTA", SIAMO QUI OGGI PER CREARE UNA NUOVA DOCUMENTAZIONE RELATIVA ALLA POPOLAZIONE DI QUESTO VILLAGGIO.
IL FÜHRER HA A CUORE PERFINO UN POSTO COME QUESTO?
OOOH...

DUM
DUM
DUM
DUM
DUM
OOOH!

DUM
DUM
DUM
...
DUM
DUM
DUM
DUM
DUM
CHISSÀ CHE STA SUCCEDENDO...
AN-DIAMO A VE-DERE!
SÌ!
ZASH
DU-DUM
ANF...
DU-DUM
ANF...

SONO SICURO...
... CHE I MIEI GENITORI NON AVESSERO UN FISICO ATLETICO.
NEUN!
CHE STAI COMBINANDO?
DUM
DUM
DUM
DUM

BERTHA HA UN CARATTERE SOLARE, È DOLCE...
ANF...
... E OGNI COSA LE RIESCE A MERAVIGLIA.
TAP
ANF...
TAP
IN CONFRONTO A LEI...
ANF...
... IO...
... SONO UNA SCHIAPPA IN TUTTO.
STUNK

VEDIAMO CHI ARRIVA PRIMA!
DASH
VIA!
BERTHA VUOLE SEMPRE FARE A GARA...
IO SONO UN MASCHIO, MA LEI È MOLTO PIÙ VELOCE DI ME.

VUOLE CHE VADA A COMPRARE IL PANE DALLA SIGNORA ADELE, PRIMA CHE LO FINI-SCA TUTTO.
VA BENE, VENGO CON TE.

SÌ?
LA MAMMA MI HA DATO DELLE COMMISSIONI DA FARE!
TI VA DI ACCOMPAGNARMI?

NEUN!

GERMANIA MERIDIONALE
Villaggio di Brausteppe
WOOOSH

JA.
JA.
JA.
JA.
CRA
CRA
CRA
CRA
JA.

QUEST'OPERA DI EPURAZIONE HA L'OBIETTIVO DI ELIMINARE LA PROGENIE DEL NOSTRO FÜHRER.
NON SONO AMMESSI ERRORI.

IL PROSSIMO... ZEHN.
IL NUMERO DIECI.
LA NOSTRA OPERAZIONE AVRÀ LUOGO DOMENICA PROSSIMA, E DOVREMO PORTARLA A TERMINE QUEL GIORNO STESSO.
ENTREREMO IN AZIONE TUTTI CONTEMPORANEAMENTE.

IL PROS-SIMO... NEUN, IL NUMERO NOVE.
GENERA-LE GERT KLAUSEN.
SÌ, SIGNORE.

HEINRICH
HIMMLER
Reichsführer delle SS

VESTFALIA
Castello di Wewelsburg

9

Tsutomu
Takahashi
NeuN
1
9
Episode.1 Brausteppe
Con la partecipazione
di Eiichiro Yamashita

1940

SOTTO LA GUIDA DEL PARTITO NAZISTA...
... LA GERMANIA SI SENTE AL CULMINE DELLA SUA GLORIA.